Après des études de lettres classiques et l'IDHEC, Jean-Louis Fournier a réalisé une dizaine de films d'art pour la plupart primés dans les festivals cinématographiques internationaux (Klimt, Schiele, le Bauhaus). En 1977, il écrit des dessins animés : *Pachyderm Story*, *Antivol*, *L'oiseau qui a le vertige* puis *La Vache Noiraude*. Il poursuit sa carrière en réalisant plusieurs téléfilms, des documentaires et des émissions humoristiques (*Merci Bernard*, *Humour libre* qui retrace la carrière de Guy Bedos, *La Minute nécessaire de Monsieur Cyclopède* avec Pierre Desproges), *Grammaire française et impertinente*, *Arithmétique appliquée et impertinente*, *Sciences naturelles et impertinentes* et *Je vais t'apprendre la politesse, p'tit con...*, adaptés de ses livres sur « La Cinquième », avec Catherine Jacob, Jean-François Balmer, Claude Piéplu et Catherine Frot. Jean-Louis Fournier est également l'auteur du *Pense-bêtes de saint François d'Assise*, de la *Peinture à l'huile et au vinaigre*, du *Pain des Français*, du *Curriculum vitae de Dieu*, et, tout récemment, de *Roulez jeunesse*, un code de la route pour les jeunes.

JEAN-LOUIS FOURNIER

Il a jamais tué personne, mon papa

STOCK

*Je dédie ce livre
à ma mère.*

J'AI SOUVENT DEMANDÉ au petit Jésus que mon papa ne boive plus et qu'il ne tue pas maman. J'en profitais aussi, quand c'était Noël, pour demander, en plus, un cadeau.

Je me souviens, une année, de lui avoir demandé un revolver. J'avais une idée très précise du revolver. Je voulais un Solido. Mais, exprès, je n'avais pas dit la marque au petit Jésus. On m'avait dit que le petit Jésus savait tout, qu'il lisait dans nos pensées, donc il devait savoir que je voulais un Solido. On allait voir si c'était vrai.

Je n'ai pas eu un Solido, mais un revolver sans marque, et papa a continué de boire jusqu'à la fin de sa vie.

LA CLAQUE DE PAPA

Tous les hommes qui boivent sont souvent méchants, ils battent leur femme et leurs enfants, on voit ça dans les films en noir et blanc. Mais papa, il nous a jamais battus. Même moi qu'il aimait pas beaucoup. Quand il était méchant avec moi, c'était avec des mots.

Un jour, il m'a écrit une lettre pas gentille où il disait que j'étais un petit coq. Je crois qu'il était pas très fier de sa vie, il sentait que je m'en rendais compte, et ça, il devait pas aimer.

Papa m'a frappé une fois, mais je ne m'en souviens plus, c'était le jour de ma naissance.

Maman m'a raconté que quand je suis né, je respirais pas et papa il m'a attrapé par les pieds comme un lapin et il m'a donné une grande claque dans le dos pour que je me décide à vivre.

PAPA ET MOI

Dans l'album de famille il y a une photo que j'aime bien, c'est moi et papa.

Papa est allongé sur un divan, en train de lire ; moi, je suis assis à côté de lui. Je dois avoir un an, j'ai l'air heureux, il ne peut rien m'arriver de mal, je suis avec mon papa.

Mon papa, il est jeune, il est beau, il a des petites lunettes en métal qui font savant ; en même temps, il a l'air rassurant, on voit que c'est quelqu'un avec qui on doit se sentir bien, en plus il est docteur, quand il est là on est tranquille, on ne peut pas mourir.

Pourquoi le papa de maintenant il est vieux, il est triste, il nous parle plus, il est pas gentil avec maman et, quelquefois, il nous fait peur ?

Où il est passé, le papa de la photo ?

MON PAPA ÉTAIT DOCTEUR

Il soignait les gens, des gens pas riches, qui souvent ne le payaient pas, mais ils lui offraient un verre en échange, parce que mon papa, il aimait bien boire un coup, plusieurs coups même, et le soir, quand il rentrait, il était bien fatigué. Quelquefois, il disait qu'il allait tuer maman, et puis moi aussi, parce que j'étais l'aîné et pas son préféré.

Il était pas méchant, seulement un peu fou quand il avait beaucoup bu.

Il a jamais tué personne, mon papa, il se vantait. Au contraire, il a empêché beaucoup de gens de mourir.

Avec son auto, il a failli tuer des gens, mais seulement failli. Il a écrasé beaucoup de poules, des canards. Il a jamais écrasé de vaches, seulement des moutons.

Un jour, il est rentré avec sa traction dans

un troupeau. Il a abîmé quelques moutons, mais il a pas écrasé le berger, il s'est arrêté juste avant.

LES SOULIERS DE PAPA

Papa, il était pas comme les autres docteurs. Il était pas bien habillé. Il avait toujours une grosse canadienne en cuir et surtout, il y avait ses souliers.

Ils étaient tellement usés que les semelles s'étaient décollées, elles s'ouvraient devant, ses souliers avaient tendance à sourire. Alors, pour leur refermer la gueule et pour pas se casser la figure, papa il avait mis autour des caoutchoucs de bocaux que ma grand-mère utilisait quand elle faisait des conserves.

Les caoutchoucs étaient enroulés au bout de ses souliers, ils étaient rouges, ça faisait drôle sur les souliers noirs, enfin ça faisait pas docteur.

Les clients riaient, pas maman.

Un jour, maman, elle en a eu marre. Elle a jeté les souliers de papa à la poubelle.

Après, papa, il a fait ses visites en pantoufles.

PAPA LAURÉAT DE LA FACULTÉ

Sur la porte de la maison, il y avait une plaque en cuivre. Il était écrit dessus « Docteur Paul Fournier ». En dessous, c'était marqué « Lauréat de la Faculté ».

Lauréat, ça veut dire « qui a remporté un prix dans un concours ». On était fiers, nous ses enfants, que papa, il ait remporté un prix à un concours. C'était certainement un concours de docteurs parce que papa, c'était le meilleur docteur.

La preuve, c'est que, quand il y avait un malade et que les autres docteurs trouvaient pas sa maladie, on appelait papa comme consultant et lui, souvent, il trouvait. On disait qu'il avait un bon diagnostic, même quand il était bien fatigué.

En dessous de la plaque, il y avait écrit que papa était « Ex-externe des hôpitaux de Lille ». Ça nous faisait drôle parce que nous, on était externes à l'institution Saint-Joseph. Si papa il était très intelligent, je pensais que ses enfants, ils pouvaient pas être bêtes. Même moi.

La plaque était astiquée une fois par semaine, elle devenait presque blanche comme un miroir.

Ce que j'aimais, sur la plaque, c'est qu'il n'y avait écrit que des choses bien sur papa.

PAPA ET UNE CLIENTE TIMIDE

Tous les après-midi, papa faisait ses consultations à la maison. Comme on n'avait pas beaucoup d'argent pour avoir une bonne, c'était souvent maman qui « faisait la porte », et nous, quelquefois, pendant les vacances.

On faisait entrer les clients dans une petite pièce dans laquelle il y avait des chaises et des vieux *Paris Match,* on l'appelait la salle d'attente. C'était là que papa venait chercher les clients pour les faire entrer dans son cabinet.

Un jour maman ouvre à une dame de la campagne, très timide. Comme c'était la première cliente, maman l'a conduite tout de suite dans le cabinet où papa attendait.

Une heure plus tard, d'autres clients étaient arrivés, et la dame était toujours dans le cabinet. Alors maman décide d'aller voir dans le cabinet. Elle frappe à la porte, pas de réponse.

Elle ouvre la porte : la dame est assise devant le bureau, son sac à main sur les genoux, elle n'ose pas bouger, elle veut pas faire de bruit. Derrière son bureau, mon papa, il dort.

PAPA ET SES SUICIDES

Papa aimait bien se suicider. Il l'a fait plusieurs fois.

Il se suicidait souvent le dimanche, à midi, quand tout le monde était là, de préférence quand c'était un repas de fête.

Papa prenait son bistouri, et il se coupait une veine à la saignée du bras. Il mettait en dessous son haricot pour ne pas salir la nappe.

Au début, on avait un peu peur, on voulait pas qu'il meure. Maman, qui était habituée, elle faisait semblant de rien, elle continuait à nous parler. Pendant que le sang coulait, elle nous demandait des nouvelles de l'école, de nos camarades...

Papa, qui voyait qu'on ne s'intéressait plus à lui, commençait à s'inquiéter et il partait en vitesse dans son cabinet pour se mettre un pansement.

Après, quand il recommençait, on n'avait plus peur. On s'était habitués, on savait que c'était pour rire.

PAPA ET LES PÊCHES

Papa n'était pas méchant, mais quelquefois, quand il était énervé, il faisait des drôles de choses.

Je me souviens, un jour, à table, on était au dessert, papa il s'est fâché, il s'est levé, il a pris des pêches dans un plat et il s'est mis à canarder tout le monde. Nous, les enfants, on s'est cachés sous la table, mais maman et bonne-maman, elles sont restées assises, elles mettaient leurs mains devant leur visage pour pas recevoir les pêches en pleine figure.

Nous, en dessous, on entendait les pêches qui s'écrasaient sur le mur.

On riait un peu, mais en même temps on avait un peu peur. Après les pêches, papa, il pouvait jeter des choses plus dures. La chance, c'était que les pêches elles étaient molles, parce qu'elles étaient bien mûres, alors elles s'écrasaient, c'était pas comme des cailloux.

Quand papa n'a plus eu de munitions, il

s'est arrêté et il est parti dans son bureau soigner ses malades. Alors, nous, on est sortis de dessous la table. Maman et bonne-maman n'avaient pas été touchées, papa, il visait mal.

Je me souviens, sur le mur, il y avait des morceaux de pêches écrasées qui étaient collés. On a nettoyé, mais les traces sont restées longtemps, jusqu'à ce qu'on change le papier peint.

Maman elle a décidé que la prochaine fois, les fruits, elle les ferait en salade.

PAPA ET L'ARGENT

Mon papa, il s'en foutait de l'argent.

C'est vrai, il ne faisait pas payer les clients qui n'avaient pas d'argent. Il remplissait quand même leur feuille de maladie pour qu'ils soient remboursés. Papa, il payait des impôts pour de l'argent qu'il n'avait pas gagné, ça faisait râler maman.

Il avait quand même souvent des gros billets dans ses poches. Un jour que maman demandait de l'argent à papa pour nous, papa s'est mis en colère.

Il a dit à maman qu'elle avait toujours besoin d'argent. Il a dit que lui, l'argent, il s'en foutait. Alors, il a allumé le gaz, et il a jeté une poignée de billets dans le feu.

Avec maman, on a regardé les billets qui brûlaient. C'était triste. C'était comme si on brûlait des chaussures neuves, des beaux pulls, des cadeaux...

Quand papa est sorti de la pièce, maman a

vite coupé le gaz et on a ramassé les cendres. Tous les billets n'avaient pas brûlé entièrement, je me souviens, on a réussi à en sauver quelques-uns.

Et pendant qu'avec maman on essayait de reconstituer les billets noircis, papa, il mettait sur le comptoir d'un bistrot des beaux billets, tout neufs.

LES HABITS DU DIMANCHE

Papa, il comprenait pas pourquoi il fallait toujours nous acheter des habits. Maman, elle voulait toujours qu'on soit bien habillés, mais c'était dur, elle avait pas beaucoup d'argent.

Mes frères, ils s'en foutaient un peu, mais moi j'avais peur d'être moche et j'aimais pas toujours les habits que maman nous mettait. Je pouvais pas lui dire, elle avait assez de soucis comme ça.

C'étaient souvent des vêtements qui avaient été faits par des gens de la famille, et beaucoup moins bien que les vêtements des magasins.

Je me souviens de canadiennes faites maison, pas très bien coupées, on a dû les garder plusieurs hivers parce qu'elles étaient chaudes, et surtout des caleçons tricotés à la main, en coton perlé, qui nous grattaient et qu'on n'osait pas montrer à la visite médicale. Moi je rêvais d'un slip kangourou.

On avait aussi des galoches avec des semelles en bois. Ça faisait beaucoup de bruit. Au début, on était gênés, puis, après, on courait pour faire le plus de bruit possible. C'était maman qui réparait nos chaussures, elle avait un pied de fer à la maison.

Je me souviens d'un camarade de l'école, il s'appelait Philippe, il m'a dit que pour un fils de docteur, j'étais pas bien habillé. Je me suis défendu, je lui ai dit que c'était pas vrai, mais j'étais pas sûr.

Le pire, ça a été à la fête de l'école, le jour où la maîtresse est venue vers moi, pas contente, et m'a dit : « Jean-Louis, je vous avais demandé de vous mettre en dimanche. »

J'ai pas osé répondre que j'étais en dimanche.

LES BISTROTS DE PAPA

Papa avait trois bistrots où il avait ses habitudes, deux à Arras et un à Louez-les-Duisans. Il y passait tous les jours. C'était pratique, on savait toujours où le trouver. Les clients ne venaient plus à la maison pour demander à papa de passer chez eux, ils allaient directement dans les cafés.

Papa s'installait dans le bistrot, c'était un peu sa maison.

Les patrons de bistrots, ils aimaient bien papa. Je me souviens, une fois, il y en a un qui a dit que la mort du docteur, ce serait une grande perte.

Un jour, le patron d'un des cafés où papa avait ses habitudes, il a fait des gros travaux dans son bistrot. Il a acheté un nouveau comptoir. Tout le monde a dit que c'était le docteur Fournier qui avait subventionné les travaux. Je ne savais pas ce que ça voulait dire, « subventionner », j'ai regardé dans le dictionnaire, ça voulait dire « aider financièrement ».

Pourquoi maman, elle a pas ouvert un bistrot ?

LES CADEAUX DE PAPA

Papa, il rentrait quelquefois avec des cadeaux pour maman. C'étaient toujours des cadeaux bizarres. Je ne sais pas s'ils faisaient plaisir à maman, en tout cas, ils la faisaient rire, les cadeaux de papa.

Je me souviens, une fois, papa il a rapporté des gants à maman, et du parfum. La bouteille était toute dorée, en forme de tour Eiffel, comme celles qu'on gagne dans les loteries, à la foire. Le parfum, il sentait très fort. Papa a dit que c'était du parfum qui tuait les mouches.

Les gants, ils étaient en cuir noir épais, avec une manchette qui arrivait jusqu'au coude et avec des grosses boucles en métal. C'étaient des gants de motard. Papa a dit qu'ils étaient très solides, ses copains de la gendarmerie avaient les mêmes.

Avec mes frères, on a pensé que pour la prochaine fête des Mères on offrirait une grosse moto à maman.

PAPA ET LES POULES

On avait, au fond de la cour de la maison, un poulailler, et c'était toujours papa qui tuait les poules.

Ça commençait comme une opération à cœur ouvert. Il préparait un bistouri, nous on regardait, impressionnés, papa dans son métier de docteur. Il attrapait la poule, il la coinçait dans ses genoux puis couic, un coup de bistouri.

Mais une fois sur deux, il loupait son coup, parce qu'il tremblait, mon papa, à cause de tous les coups qu'il buvait, et la poule elle se sauvait avec un bout de tuyau qui lui pendait au cou et qui pissait le sang.

Alors papa, il essayait de rattraper la poule, il la poursuivait en disant des gros mots, il n'y arrivait pas et il ne voulait pas qu'on l'aide.

À la fin, il prenait une grosse pierre ou une

brique, et il visait la poule, mais il la loupait. Ça se terminait mal pour tout le monde, surtout pour la poule.

Le soir, on n'avait pas très faim, la poule au riz avait un drôle de goût.

LE VIOLON DE PAPA

Un jour, papa a raconté à maman qu'il avait un Stradivarius.

Maman, elle savait qu'il avait appris à jouer du violon quand il était petit, mais il avait pas dit qu'il avait un Stradivarius.

Maman nous a expliqué qu'un Stradivarius, c'était un violon qui valait très cher. Plus cher qu'une auto, plus cher qu'une maison.

Avec maman, on s'est mis à rêver à tout ce qu'on pourrait acheter avec le Stradivarius. On allait remplir le Frigidaire, on allait acheter des habits, on allait être riches.

Mais il fallait le retrouver. Papa ne savait plus où il était, alors on a cherché. On a retourné toute la maison, de la cave au grenier, on n'a rien trouvé.

Enfin, un jour, dans une armoire, maman a découvert un étui à violon. Elle nous a appelés et elle l'a ouvert devant nous, tout doucement, comme s'il y avait un trésor dedans.

Dans l'étui, il y avait un petit violon d'étude... Ça valait moins cher qu'un vélo.

Il aimait bien raconter des blagues, mon papa.

LES CLIENTS DE PAPA

Ses clients, ils l'aimaient bien, mon papa. Il fallait qu'ils aient confiance pour se faire soigner par lui. Ils devaient pas regarder de trop près ses instruments, parce qu'ils étaient pas toujours impeccables.

Au fond de ses boîtes de seringues il y avait de l'ouate, elle était toute verte. Papa, il posait ses seringues dessus, et après il faisait des piqûres avec pour soigner les gens. Apparemment, ça réussissait, les gens, ils mouraient pas plus vite, même que c'est lui qui est mort avant eux.

Il sauvait les gens, parce que c'était un bon docteur, papa. Il était gai, il jouait pas les savants, il faisait jamais une tête d'enterrement, et quelquefois il arrivait à faire rigoler le mourant.

Et puis, il était consciencieux. Quand il avait un malade qui n'allait pas bien, il était inquiet, il en parlait à maman et, souvent, il retournait le voir sans qu'on lui demande, et sans demander d'argent.

Ses malades, ils étaient intimidés par les docteurs distingués, bien rasés. Ils préféraient papa, avec ses vieux costumes et ses élastiques au bout de ses souliers, même quand il tenait plus debout et qu'il était obligé de se tenir au lit du malade pour pas se casser la figure.

Ses malades disaient que, quand ils voyaient papa, ils avaient plus envie de mourir.

PAPA PARLE LATIN

Quand papa n'était pas là et que c'était maman qui ouvrait, les clients lui demandaient souvent des conseils. Quand c'étaient des choses pas compliquées, maman, elle les renseignait ; quand c'était drôle, elle nous le racontait.

Une fois, il y a une cliente qui est venue expliquer à maman que son mari, il avait pas voulu manger les sangsues que papa il avait marquées sur l'ordonnance, pourtant elle les avait coupées en petites rondelles et les avait fait cuire avec du beurre et du persil.

Une autre fois, maman ouvre la porte à une cliente qui n'a pas l'air très contente.

Elle est en colère contre papa, parce qu'il a dit que son mari avait « un derrière d'homme trop mince ». Elle dit que c'est pas vrai.

Maman ne comprend pas bien, mais elle veut rassurer la cliente, elle lui dit qu'elle a du mal comprendre, que c'est pas le genre de

41

papa de dire des choses pareilles. En même temps, maman a envie de rire...

Papa, il avait dit que son mari, il avait du « delirium tremens ». C'est du latin, ça veut dire « délire tremblant », c'est une maladie très grave, une sorte de folie qui atteint les alcooliques.

J'ai compris la cliente. Je suis sûr que maman non plus, elle aurait pas aimé que son mari, il ait un derrière d'homme trop mince.

PAPA ET LES CIGARETTES

Papa, il fumait des Gauloises bleues sans filtre. Maman, elle nous disait qu'il fumait même la nuit, dans son lit, et que, souvent, il faisait des trous dans les draps.

Ses doigts étaient jaunes. Ses poumons, ils devaient être durs comme des gaillettes. Sa gorge, elle devait être toute noire à l'intérieur comme une cheminée, fallait la ramoner. Alors, tous les matins, il toussait, très fort et très longtemps. Ça devait lui brûler aussi, c'est peut-être pour ça qu'il buvait, pour éteindre le feu.

Un jour, je me souviens que papa il a eu comme une crise de folie. Il s'est mis plein de cigarettes dans la bouche avec un cigare au milieu. Sa tête, on aurait dit une fleur de pissenlit. Et il s'est promené comme ça dans la maison, mais personne avait envie de rire. C'était grave, il savait plus ce qu'il faisait.

À ses clients qui fumaient, papa disait d'arrêter, il leur disait que c'était mauvais pour leur santé. Ça faisait rigoler les clients, et papa aussi.

Sur les meubles de maman, il y a encore des brûlures de cigarettes, c'est des souvenirs de papa.

PAPA ET LES BOMBES

On était en 1944, la guerre n'était pas finie. Il y avait encore des alertes la nuit, alors quand on entendait les sirènes, on devait descendre dans la cave.

Les caves communiquaient entre elles et on retrouvait tous les voisins mal réveillés, avec des manteaux sur leur pyjama ou leur chemise de nuit, et des couvertures sur la tête.

On racontait des histoires et bonne-maman, elle disait son chapelet tout haut, pour que le petit Jésus ne fasse pas tomber des bombes sur la maison.

Le petit Jésus l'a écoutée. Il n'y a jamais eu de bombe sur la maison. Heureusement pour papa parce que lui, il restait toujours dans sa chambre. Il disait qu'un capitaine, ça devait toujours rester sur le pont du navire.

Il ne descendait pas dans la cave, papa, parce qu'il n'avait pas peur. Il avait peur de rien, papa. Il s'en foutait des bombes, il s'en foutait de mourir.

Je crois qu'il se lèvera même pas le jour de la résurrection des morts, quand Dieu, il dira « Debout les morts ! ».

PAPA ET SON VÉLO

Il y a eu un moment, papa faisait ses visites à vélo. C'était la guerre et c'était difficile de trouver de l'essence et des pneus pour son auto.

Papa, il partait avec son vélo, mais il ne revenait pas toujours avec le vélo.

Je me souviens une fois, c'était la nuit, en hiver, il est rentré à pied. Il était tout mouillé. Le lendemain, un pêcheur est venu à la maison pour dire qu'il avait vu le vélo de papa. Il était dans la rivière, une petite rivière qui s'appelait le Gy.

Papa, qui devait être bien fatigué, avait dû louper le virage avant le pont, et il était tombé dans la rivière avec son vélo. Comme il faisait noir, il avait pas retrouvé le vélo, alors il était rentré à pied. Ça faisait bien cinq kilomètres. Il était tout trempé et il gelait cette nuit-là. Il a même pas eu un rhume.

Il était costaud mon papa, tout le monde disait qu'il était bâti pour vivre cent ans.

PAPA ET LE BEURRE FONDU

Souvent, pendant la guerre, papa rapportait des choses à manger sur le porte-bagages de son vélo.

Papa, il avait beaucoup de clients qui étaient des cultivateurs. Alors, ils lui donnaient un poulet, des œufs, du beurre, et papa il était fier de tout rapporter à la maison.

Je me souviens, une fois, papa il est revenu avec sur son porte-bagages une boîte à chaussures. Il l'a apportée dans la maison, il l'a posée sur la table de la salle à manger, puis il l'a ouverte. Elle était pleine de cornets à la crème.

Il y en avait au moins vingt. Comme on était cinq à la maison, ça nous a fait quatre cornets chacun.

Une autre fois, on a donné à papa une livre de beurre et il l'a mise sur son porte-bagages. A l'époque, une livre de beurre, c'était mieux qu'un lingot d'or. On était au début de

49

l'après-midi, il faisait très chaud. Le soir, le beurre avait entièrement fondu et il avait coulé sur la chaîne. Le vélo de papa, il avait jamais été aussi bien graissé.

Au souper en mettant de la margarine sur nos tartines, on pensait au vélo.

PAPA ET SA MITRAILLETTE

Papa, il avait une mitraillette parce qu'il faisait de la résistance. Il partait la nuit, avec des copains, il emmenait sa mitraillette. Nous, on croyait qu'il faisait des jeux de piste, comme les scouts.

La mitraillette de papa était cachée sous le divan du salon. On n'aimait pas beaucoup que papa il ait une mitraillette, parce que, quelquefois, il avait des drôles d'idées dans la tête.

Plusieurs fois, il a dit qu'il allait tuer maman. Nous, on croyait qu'il disait ça pour rigoler, mais il avait pas l'air de rigoler du tout.

Ma grand-mère, elle avait peur pour sa fille, et nous on avait peur pour maman.

Je me souviens d'un jour, c'était un jeudi, on était à la maison. Papa a dit à ma grand-mère qu'il avait posté ses hommes dans la rue pour attendre maman. Il est revenu dans la journée pour demander à ma grand-mère si elle avait préparé le cercueil. Bonne-maman, elle lui a dit d'arrêter de dire des bêtises. Nous, on l'a entendu, on rigolait pas trop, on n'était pas sûrs que c'étaient des bêtises.

Maman est rentrée du bureau, et papa est rentré très tard, bien fatigué. Il ne s'est rien passé.

Papa avait dû oublier qu'il devait tuer maman ce jour-là.

PAPA ET LE SAVON DE MARSEILLE

Un jour, dans un café, c'était pendant la guerre, papa a acheté un vrai savon de Marseille au marché noir. Avant de le rapporter à maman, il l'a essayé pour voir s'il lavait bien. Puis il l'a fait essayer à ses copains. Dans le café, tout le monde s'est lavé les mains.

Chaque fois qu'un nouveau client arrivait, papa lui faisait une démonstration de lavage, puis il lui faisait essayer le savon et on buvait un coup à la santé du savon.

À la fin de la journée, tout le monde dans le bistrot était dans un sale état, mais tous ils avaient les mains propres.

Le soir, quand papa est rentré à la maison, il était bien fatigué. Le gros savon qu'il a rapporté à maman, il était plus petit qu'une pièce de cinq francs.

MAMAN REÇOIT

Quelquefois, maman devait rendre des invitations, alors elle organisait une soirée. Je crois qu'elle aimait bien, mais elle avait toujours un peu peur que papa, il vienne tout gâcher.

Je me souviens d'une fois, maman avait invité le colonel des gardes mobiles et ses officiers avec leurs femmes.

Papa, il est rentré tôt. Il était déjà bien fatigué, il avait de la peine à tenir debout. Maman, elle l'a fait rentrer dans la cuisine où il y avait une cousine qui s'est occupée de lui.

Quand les invités sont arrivés, on était en haut de l'escalier, en pyjama. On les a regardés entrer dans le salon. Je me souviens qu'on a été déçus, le colonel il était même pas en uniforme.

Maman, elle a dû mentir aux invités. Elle leur a dit que papa n'était pas rentré, qu'il avait beaucoup de travail. Elle leur a servi à boire, puis elle est repartie dans la cuisine.

Papa, il dormait à moitié sur la table. Il avait l'air sonné comme un boxeur après un round difficile. On essayait de le ranimer : la cousine lui mettait des glaçons sur la tête, maman lui faisait boire du café très fort, puis elle repartait au salon faire des sourires aux invités, leur dire que papa allait bientôt rentrer, et elle retournait à la cuisine s'occuper de lui.

Finalement, elles ont réussi à remettre papa sur pied, maman l'a accompagné au salon en le tenant bien fort par le bras. Maman nous a dit après que papa il s'était bien tenu, il avait simplement l'air un peu endormi.

Maman avait gagné. Les invités ne s'étaient rendu compte de rien. Ils disaient à maman qu'ils n'étaient pas étonnés de voir papa fatigué, avec le nombre de clients qu'il avait !

Maman, elle avait envie de leur dire que c'était pas les clients qu'il fallait compter...

C'était les Byrrh.

PAPA ET LA FEMME DU COLONEL

Papa, il était le médecin de la caserne des gardes mobiles. Alors, avec maman, il était invité aux bals des officiers.

Papa aimait bien y aller parce qu'il aimait rigoler et qu'il y avait toujours un coup à boire. Maman, elle aimait bien aussi, parce qu'elle sortait pas souvent. Mais elle avait toujours peur que papa fasse des bêtises.

Les officiers, ils aimaient bien s'amuser, mais pas toujours de la même façon que papa.

Un jour, à une soirée, papa, qui avait bu un petit coup, leur a chanté une chanson en patois. Et pour ceux qui comprenaient pas le patois, il a mimé la chanson avec la femme du colonel. Les paroles de la chanson, c'était : « Abaisse-te, erlève-te, tape e't bedaine contre el mienne Philomène. »

À partir de ce jour, pour papa et maman, il n'y a plus eu de soirées chez les officiers.

LE DOCTEUR JEKYLL

Quelquefois, papa, il allait au cinéma avec maman, mais pas souvent. Je me souviens, un jour, ils ont été au cinéma à Lille et maman, le lendemain, elle nous a raconté le film. C'était *Docteur Jekyll et Mister Hyde.*

C'était l'histoire d'un docteur qui était très gentil et très savant. Il travaillait dans la journée, mais le soir, il se transformait. Il devenait comme un monstre et toute la nuit il attaquait des gens.

J'ai jamais vu le film, maman disait que c'était pas un film pour les enfants, qu'il nous ferait peur, mais elle l'avait tellement bien raconté que je croyais l'avoir vu. Et quelquefois, la nuit, j'avais peur en pensant au docteur Jekyll.

Est-ce que maman, elle s'est rendu compte que c'était un peu l'histoire de papa ? Moi, j'y ai pensé tout de suite. Dans la journée, papa, c'était un gentil docteur, comme le docteur Jekyll, mais le soir, il devenait méchant, comme Mister Hyde, sauf qu'il attaquait pas les gens. Mais il faisait peur, c'était plus le même papa. Il y avait deux personnes en lui.

J'aimerais bien que papa, il fasse comme dans le film. A la fin, Mister Hyde, il devient gentil.

PAPA PROJECTIONNISTE

À la maison, on a toujours eu du cinéma. Au début c'étaient des images fixes : je me souviens du *Loup et des sept petits chevreaux*. Après, on a eu un projecteur 9,5 mm et les images se sont mises à bouger.

Le dimanche, on louait des films muets. C'était papa qui était le projectionniste. Il fallait pas l'embêter quand il installait les bobines sur l'appareil.

On a vu beaucoup de films. Je me souviens de *Tarass Boulba* avec Harry Baur, *Pontcarral, colonel d'Empire* avec Pierre Blanchar. Ça, c'étaient les films sérieux qui faisaient pleurer.

Mais ceux qu'on préférait avec mes frères, c'étaient les films rigolos : Laurel et Hardy, Harold Lloyd, l'Oncle Oscar... Mais il y avait souvent des pannes, et là il valait mieux arrêter de rire.

Quelquefois, on voyait le film qui brûlait

sur l'écran. Une fois, je me souviens, après un film très rigolo, quand on a rallumé la lumière on a vu, au pied du projecteur, un énorme tas de pellicule. Tout le film était par terre comme un grand serpent, il s'était pas rembobiné.

Quand on a vu la tête de papa, on a compris qu'on avait intérêt à ne pas éclater de rire, le film rigolo il était vraiment fini...

ON A PERDU PAPA

Un jour, papa a disparu. Maman était sûre qu'il n'était pas sorti de la maison, mais impossible de le trouver.

On a cherché partout, on a fouillé toute la maison, on a inspecté toutes les pièces, on a regardé sous les lits, on a ouvert les placards, les grandes armoires, rien, pas de papa.

Quelqu'un a eu l'idée d'aller revoir dans son cabinet. Dans son cabinet, il y avait un piano, le piano était dans un angle de la pièce. Et derrière le piano, allongé, une cigarette au bec, il y avait papa, avec un drôle de sourire. Il avait l'air de dire « Je vous ai bien eus ».

Il aimait bien jouer à cache-cache, mon papa.

PAPA ET LE FOOTBALL

Papa, il aimait bien le football, surtout à la radio. Le dimanche, il dormait devant le poste de radio qui hurlait. Je connaissais les noms des footballeurs de Lille et de Lens. Pourtant, c'étaient des noms difficiles à retenir, parce qu'il y avait beaucoup de Polonais.

Je me souviens que Sommerlynck, il passait la balle à Baratte, qui la récupérait pour la passer à Tempowski, que Ruminski il prenait la balle et il dégageait, que Marek il passait la balle à Stanis, qui la passait à Levandowski... Ou l'inverse.

Quelquefois, on allait baisser le poste parce qu'on n'arrivait pas à travailler.

Alors, papa, il se réveillait et il se mettait très en colère. Il disait qu'on l'empêchait d'écouter son match.

Il remontait le son, et il s'endormait à nouveau.

UNE BLAGUE DE PAPA

Un soir, après le dîner, papa était pas encore rentré, on a sonné à la porte. Maman s'est levée pour aller ouvrir. On a entendu la porte qui s'ouvrait, et maman qui poussait un cri.

On s'est précipités dans le couloir. Devant la porte ouverte, sur le trottoir, immobile dans le noir, un Chinois souriait. Il a mis la main à son visage et il a retiré sa figure. C'était papa, il avait mis un masque. Pas un masque rigolo, un masque qui faisait peur. Maman, quand elle avait vu dans la nuit la tête du Chinois avec son méchant sourire, elle avait eu peur, c'est pour ça qu'elle avait crié.

Papa, il comprenait pas. Il pensait qu'il avait fait une bonne blague.

Je me souviens que maman, très en colère, a pris le masque, elle l'a déchiré, puis elle l'a jeté dans le feu. Peut-être qu'elle était un peu vexée d'avoir eu peur pour rien.

Dans le masque, il y avait des élastiques pour le fixer aux oreilles. J'ai regretté que maman elle les ait fait aussi brûler, j'aurais pu m'en servir pour faire un moteur.

Papa, il est monté se coucher, il devait penser qu'il avait une femme pas très rigolote.

PAPA SUR LE TAS DE BOIS

Une nuit, on a entendu du bruit dans la cour, puis quelqu'un qui criait. Maman s'est levée, elle a ouvert la fenêtre, et elle a regardé dans le jardin. C'était papa.

Comme il avait trop chaud dans son lit, il avait décidé d'aller dormir dehors. Il s'était allongé sur le tas de bois, dans la cour, et il s'était endormi.

Mais, en pleine nuit, il s'était réveillé et, en remuant, il avait fait tomber les bûches, elles roulaient et lui tombaient dessus, alors papa il était en colère et il jurait, comme le capitaine Haddock, mais en pire.

Il a réveillé toute la maison. Il engueulait les bûches, il a dit aussi plusieurs fois « nom de Dieu ». Il disait tous les gros mots qu'on n'avait pas le droit de dire. Bonne-maman, elle nous disait de prier pour que papa il aille pas en enfer. Elle nous parlait fort pour qu'on n'entende pas les gros mots de papa, mais on entendait quand même parce qu'il criait très fort.

Je crois qu'à un moment, il a dit « ta gueule » à bonne-maman.

PAPA ET BONNE-MAMAN

Mon papa, il était pas toujours très poli avec bonne-maman, même que, quand il était fatigué, il l'appelait « vieille grenouille de bénitier » et souvent il voulait la jeter par la fenêtre. Ça nous faisait rigoler, mais il ne fallait pas le montrer.

Papa, il lui disait aussi : « Allez coucher avec vos chanoines. » Nous, on comprenait pas ce que ça voulait dire, mais bonne-maman, elle devait comprendre, elle faisait le signe de croix, elle disait à papa qu'il irait en enfer pour avoir dit ça. Papa, il disait tant mieux, qu'il s'amuserait mieux en enfer qu'au paradis.

Notre grand-mère, qui était très catholique, priait beaucoup et faisait dire aussi des messes pour que papa ne boive plus. Un jour, papa l'a su. Alors, il lui a dit qu'au lieu de donner de l'argent au curé, elle ferait mieux de lui donner directement, qu'il dirait la messe lui-même.

Il devait penser au vin de messe.

PAPA ET SON CHAPELET

Papa, il était catholique, même très catholique. Il avait été élevé par des curés, dans un petit séminaire. Même qu'à un moment, il paraît qu'il avait failli faire curé. Mais il l'a pas fait. Je ne sais pas si c'est tant mieux pour le bon Dieu, en tout cas c'est bien pour les malades qu'il ait fait docteur.

Il avait été scout, papa. Chef scout. Il y a des photos où on le voit en uniforme avec un grand chapeau. A l'époque, il avait toujours dans sa poche un « dizainier ». C'était un anneau en métal, avec une croix et dix dents autour. Ça remplaçait un chapelet.

Pour les scouts, c'était plus léger et moins encombrant, un peu un chapelet de sport.

Nous, les louveteaux, on en avait un aussi. Ça permettait de dire son chapelet n'importe où, en cas d'urgence, quand il y avait une grande tentation et qu'on avait peur de succomber.

Quand il est devenu grand et docteur, papa a toujours gardé dans sa poche un chapelet. C'était un vieux chapelet avec des grains noirs comme des grains de café. Il disait à maman que c'était pour résister à la tentation. Et papa, il avait beaucoup de tentations. Dans le Nord, il y a beaucoup de cafés.

Papa, il disait à maman que, quand il passait devant un bistrot, il serrait son chapelet très fort. Mais il rentrait quand même dans le bistrot.

Le chapelet de papa, ça devait pas être un bon chapelet.

LA COMMUNION SOLENNELLE

Mon frère Yves-Marie et moi, on a fait notre communion solennelle en même temps. Papa, il est même pas venu à la messe.

Ça a quand même été une belle journée. On avait un costume neuf, une montre neuve, un gros cierge. On a récité par cœur le texte de la rénovation des vœux du baptême : « Je renonce à Satan, à ses pompes et à ses œuvres... »

Depuis le coup du Solido, je faisais plus entièrement confiance à Jésus. Mais comme j'avais peur d'aller en enfer, je faisais le nécessaire. J'ai renoncé à Satan.

Le repas de communion était très bon. Je me souviens, j'ai mangé des ananas pour la première fois de ma vie. Puis, j'ai aspiré une bouffée sur une Week-End que fumait ma cousine.

Papa, il a fait une apparition à la fin du repas, un peu étrange et distant, l'air lointain.

On aurait dit Mermoz après la traversée de la cordillère des Andes. Il s'est pas occupé de nous.

Quand papa il était petit, il avait aussi renoncé à Satan et à ses pompes, mais je crois que Satan il a jamais renoncé à papa.

PAPA À LOURDES

Papa, il allait quelquefois à Lourdes. il partait comme brancardier. Il accompagnait les malades. Pour les urgences, un docteur c'était plus sûr que la Sainte Vierge.

Papa, il disait qu'à Lourdes, le vrai miracle c'était que les malades ils attrapent jamais une autre maladie dans la piscine parce qu'il y avait plein de microbes dedans, les microbes de tous les malades qui s'y baignaient.

Papa, il s'ennuyait pas à Lourdes.

Le jour, il faisait les processions avec les malades, les prières à la grotte, il chantait des cantiques.

Le soir, il retrouvait ses copains et, toute la nuit, ensemble, ils chantaient, pas des cantiques, et ils buvaient, pas de l'eau de Lourdes.

Pour papa, il y a pas eu de miracle à Lourdes. Il a jamais arrêté de boire.

En tout cas, il a voulu. Il buvait en moins.
à cause de l'abbé...

PAPA ET LE CURÉ

Tout a été essayé pour que papa ne boive plus : des prières, des neuvaines, des messes... On a même essayé un curé.

C'était un jeune vicaire très sympathique. Il s'appelait l'abbé Lesage. Il accompagnait papa dans ses visites, il lisait son bréviaire dans la voiture en attendant que papa ait fini et, le soir, il ramenait papa à la maison.

Au début, papa n'osait pas trop aller au café à cause de l'abbé. En tout cas, il y allait moins.

L'abbé et papa, ils étaient devenus bons copains. Papa faisait rire l'abbé, il l'appelait grand corbeau.

Après, il a voulu entraîner l'abbé au café. L'abbé, il a d'abord résisté. Puis il a pensé que c'était mieux de rester à côté de papa et il a accepté. Il buvait des limonades pendant que papa buvait des Byrrh.

Un jour, l'abbé est parti. Il devait en avoir assez des limonades.

Papa, il est resté. Il en avait pas encore assez des Byrrh.

PAPA ET LES BONNES SŒURS

À Arras, on vivait au milieu des religieuses.
Il y avait deux couvents dans la rue, un à côté
de la maison, les sœurs de la Providence, elles
étaient habillées en noir, un autre au bout de
la rue, les sœurs du Saint-Esprit, elles étaient
habillées en blanc et elles étaient très gen-
tilles.

Papa, il était le docteur de toutes les bonnes
sœurs de la rue.

Les sœurs, elles venaient quelquefois à la
maison voir bonne-maman. Je me souviens
que, quand elles venaient, bonne-maman elle
retournait contre le mur le petit Manneken-Pis
en bronze qui était sur une étagère, pour que
les sœurs ne voient pas son zizi.

Papa, il nous racontait des histoires sur
elles, surtout sur les sœurs de la Providence.
Nous, on croyait que c'étaient des saintes,
qu'elles faisaient jamais de péché. C'était pas
vrai, papa il racontait qu'elles étaient quelque-

fois méchantes entre elles, surtout les plus vieilles, qu'elles se pinçaient à la chapelle pour avoir la place à côté de l'aumônier. Je crois qu'elles étaient un peu amoureuses de lui, et peut-être bien de papa aussi.

Maman, elle était pas jalouse, elle savait que pour supporter papa il aurait fallu une très grande sainte, presque une martyre.

PAPA MONSIEUR CHAMPAGNE

Quelquefois, papa, il organisait un jeu comme à la radio. On jouait à « Monsieur Champagne ».

Il nous faisait mettre autour de la table de la cuisine, il s'asseyait et il plaçait devant lui des piles de pièces de monnaie. Puis il posait des questions, des questions sur tout, l'histoire, la géographie, le sport... comme dans les jeux radiophoniques.

Mon frère Yves-Marie gagnait toujours. Il était le plus malin, il avait compris que l'important c'était de répondre très vite et sans hésitation.

C'était une course de vitesse.

On pouvait répondre n'importe quoi, c'était pas grave, papa il savait plus les réponses.

Je me souviens, une fois, papa il avait demandé la date de la bataille de Marignan. Yves-Marie avait répondu immédiatement, pour rigoler, « 203 » comme la Peugeot. Papa, il a dit bravo. Moi, après avoir réfléchi, je me suis souvenu que c'était 1515 et j'ai dit « 1515 ».

Papa, il a quand même donné les pièces à Yves-Marie. C'était pas juste parce que Marignan c'était pas en 203, c'était en 1515, j'ai vérifié dans mon livre d'histoire.

J'ai râlé, et papa il m'a dit : « Toi, t'es jamais content. »

De toute façon, Yves-Marie, c'était son chouchou.

PAPA ET LA BIBLE

Papa, il ne savait jamais dire non. C'était bien pour tous les patrons de bistrot qui remplissaient son verre et pour tous les représentants de commerce qui venaient le voir.

Maman, elle les aimait pas beaucoup, les représentants de commerce, parce qu'elle savait qu'une fois que papa avait dit oui, c'était elle qui allait devoir payer les traites.

Papa, il commandait sans réfléchir, surtout des choses inutiles.

Je me souviens, il avait voulu acheter cinquante mètres de tapis pour mettre sur toutes les marches d'escalier de la maison. Après, maman, elle avait eu beaucoup de difficultés à annuler la commande parce que papa, il avait signé.

Elle a pas toujours réussi. Un jour, papa avait commandé une Bible en plusieurs volumes, très belle, une édition de luxe avec des dessins très originaux. Maman a dû payer pendant plusieurs mois des grosses traites.

On nous avait dit que la Bible était reliée en pleine peau de porc. Certainement qu'avec l'argent, maman elle aurait préféré acheter des côtelettes.

PAPA ET LES GENDARMES

Mon papa, il avait beaucoup de copains. Il avait même des copains gendarmes, il était le docteur des gendarmes.

Je me souviens, une fois, j'étais en voiture avec papa, j'étais devant, à côté de lui. Il a pris un sens interdit, j'étais un peu inquiet, mais j'ai pas osé lui dire. En plus il roulait vite.

Quelque cent mètres plus loin, il y avait des gendarmes qui barraient la route. Là, j'ai carrément eu peur. Papa s'est arrêté et les gendarmes se sont approchés de la voiture, l'air pas très commode. Papa, il avait pas l'air d'avoir peur du tout, il attendait.

Puis quand les gendarmes ont été tout près, papa il les a engueulés. Il leur a dit qu'on n'a pas le droit d'empêcher un docteur de travailler.

Les gendarmes, qui avaient reconnu papa, ils ont rigolé, ils lui ont demandé pardon, puis ils ont discuté un moment ensemble. Quand papa a décidé de repartir, ils ont arrêté les voitures qui roulaient dans le bon sens pour laisser repartir papa dans le mauvais sens.

Je crois que papa, il a toujours aimé faire ce qui était interdit.

PAPA ET LA POLICE

Papa, quelquefois, il était énervé ou en colère, alors il appelait la police. Les gendarmes venaient toujours et ils essayaient de calmer papa qui leur disait des bêtises.

Un jour, il leur a dit que bonne-maman, elle voulait le violer. Je ne savais pas ce que ça voulait dire, mais ça devait être un truc grave. J'avais vu le mot dans un journal, je crois que c'était tuer une femme, mais en plus grave.

Je pense que les gendarmes, ils l'ont pas cru. Ils ont dit à papa d'aller se reposer, je voyais bien qu'ils avaient envie de rigoler, mais ils osaient pas devant bonne-maman qui était très en colère.

Souvent, elle excusait papa quand il était fatigué, mais cette fois-là, je crois qu'elle avait pas envie de lui pardonner.

Elle lui a certainement pardonné. Elle était bien obligée, tous les jours elle nous faisait réciter le *Notre Père* où on disait à Dieu :

« Pardonnez-nous nos offenses comme nous pardonnons à ceux qui nous ont offensés. »

Maman, elle lui a dit que papa avait dit ça pour rire. Bonne-maman, elle a dit qu'il y avait d'autres façons de rire.

Les façons de rire de bonne-maman, on les connaissait pas. Elle riait pas souvent.

PAPA ET MON PREMIER VÉLO

Papa m'avait promis un vélo. Depuis long-temps, j'en rêvais.

Un jour, il m'a emmené chez un de ses copains. Il s'appelait Tranchant. C'était un marchand de vélos qui était en même temps coureur cycliste. Et j'ai vu mon premier vélo.

C'était un gros vélo d'occasion ; il avait été repeint en bleu, les parties qui auraient dû être chromées, elles étaient peintes à la peinture métallisée, et au lieu d'une selle de course pointue comme le museau d'un lévrier, il avait une grosse selle, comme une tête de vache, avec des grands ressorts en dessous.

Papa m'a demandé s'il me plaisait. J'ai bien été obligé de dire oui.

Trois mois après, le cadre s'est cassé. On s'est aperçu qu'il avait été ressoudé, mal. Il était même pas costaud le gros vélo.

Mon premier beau vélo, je l'ai eu plus tard. C'est maman qui me l'a offert pour mon

BEPC. C'était un vrai vélo de course. Papa est venu l'acheter avec moi, maman lui avait donné un chèque pour payer. Papa, il a pas voulu que je prenne des boyaux, il a fait mettre des pneus. Il a dit que c'était moins dangereux. J'étais déçu, j'aurais préféré des boyaux, comme les coureurs.

En même temps j'étais content de voir que papa, il avait peur que j'aie un accident.

PAPA ET LES COUREURS CYCLISTES

Papa, il était le docteur des cyclistes. Il nous emmenait dans les courses.

Un jour, au critérium des As, grâce à lui, on a serré la main des champions. Je me souviens encore des noms, il y avait Apo Lazarides, Raphaël Geminiani, Jean Robic, Brambilla... Et il nous a fait dédicacer des photos. Mon frère Yves-Marie, il a eu René Vietto, moi j'ai eu Guy Lapébie.

Je me souviens des cuisses des coureurs. Elles étaient énormes, pleines de muscles et bronzées. Quand je regardais les miennes, toutes blanches et maigres comme des cuisses de poulet, j'avais honte. C'est pour ça que j'embêtais tellement maman pour avoir des pantalons de golf.

Une autre fois, César Marcelak, un coureur de l'équipe de France, est venu à la maison pour se faire soigner par papa. Il est venu à vélo. Il avait laissé son vélo devant la maison, un vélo brillant et léger comme une plume. Ce jour-là, il a oublié sa musette, alors on a regardé dedans, il y avait une banane.

Avec mes frères, on voulait devenir coureurs cyclistes. On a demandé à maman de nous acheter des bananes. Le jour du championnat de France, on a écouté la retransmission à la radio. C'est César Marcelak qui a gagné. Je me souviens, papa, il a pleuré.

Il était sensible, mon papa.

PAPA ET LES CONDAMNÉS A MORT

Papa, il avait plein de copains. Il avait même des copains condamnés à mort. Il était médecin de la prison.

Chaque fois qu'il y avait une exécution, c'était la guillotine, papa devait être là. J'ai jamais bien compris pourquoi. Quand on fait venir un docteur, c'est pour empêcher les gens de mourir, c'est pas pour les regarder mourir.

Après l'exécution, papa, il devait faire le certificat de décès. Il devait écrire que le condamné à mort qui avait la tête coupée, il était bien mort.

Un jour, papa, il a demandé à un condamné à mort de lui faire un clin d'œil quand il aurait la tête coupée. Il paraît que le condamné a fait un clin d'œil à papa. On sait pas si c'est vrai, papa il aimait dire des blagues.

Papa, il racontait qu'il y avait deux sortes de condamnés à mort : ceux qui pleuraient et qui s'allongeaient par terre et qu'on était obligé de traîner jusqu'à la guillotine, et puis d'autres qui y allaient d'un pas décidé, qui n'avaient pas l'air d'avoir peur.

Je crois que papa, il aurait été de la deuxième sorte. Il avait pas peur de mourir. La preuve, avec ses poumons pourris, il continuait à boire et à fumer.

PAPA MORT POUR LA FRANCE

Papa nous aimait bien, surtout quand on était couchés. Il voulait toujours que ses enfants soient couchés. Quelquefois, quand il rentrait l'après-midi, il s'étonnait qu'on soit pas encore couchés.

Il avait des idées bizarres, papa. Quelquefois, il rentrait très tard, la nuit, et là, il voulait plus qu'on soit couchés. Il nous faisait lever, et il nous racontait des choses bien tristes.

Il disait qu'il allait partir en Indochine pour défendre la France, qu'il reviendrait jamais, qu'il se ferait tuer là-bas et qu'on lui mettrait son chapelet autour des mains, sur son lit de mort. Il pleurait en disant ça.

Nous, on comprenait pas bien, on était encore endormis, mais on pleurait aussi.

Il disait que plus tard, il y aurait sur le monument aux morts d'Arras une grande plaque en marbre dans laquelle serait gravé : « Le docteur Fournier a donné sa vie pour la

France. » Alors on pleurait encore plus, on disait : « Non, papa, pars pas, on veut pas que tu meures pour la France. »

Maman, elle pleurait pas, elle riait pas non plus. Elle disait à papa qu'il était fatigué, qu'il devait aller se coucher.

On allait se recoucher mais on avait du mal à s'endormir, on pensait à la grande plaque en marbre.

Le lendemain, quand on partait à l'école, on entendait le mort pour la France qui ronflait comme un sonneur.

PAPA ET LA POLOGNE

Les clients savaient que papa buvait. Je me souviens, un jour, il y a un client en colère qui a dit à maman que papa buvait plus que toute la Pologne. Mais nous, la famille, on essayait encore de le cacher.

Je me souviens, un soir, papa il était rentré très fatigué. Il était tombé dans l'entrée, il avait pas pu se relever et il dormait sur le carrelage, allongé dans le couloir, près de la porte.

On a sonné. On ne pouvait pas bouger papa, il était trop lourd. Alors, maman, elle a été ouvrir en restant devant papa pour le cacher.

C'étaient des clients, une dame et un monsieur. Maman, elle les a poussés en vitesse dans la salle d'attente.

Puis elle s'est occupée de papa. On lui a fait boire du café très fort, mais ça suffisait pas, il se rendormait. Enfin, il a réussi à se relever, mais il est monté se coucher.

C'est quand on a décidé d'aller tous se coucher qu'on a entendu tousser dans la salle d'attente. Les clients, on les avait complètement oubliés. Ils étaient restés plus de deux heures à attendre. Ils pouvaient même pas lire les *Paris Match,* ils étaient dans le noir.

Maman, elle avait oublié de leur allumer la lumière.

PAPA ET LES INDIENS

À Arras, il y avait souvent des goûters d'enfants et mon frère et moi, on était invités quelquefois.

Je me souviens d'un goûter où il fallait venir costumés. Maman, elle pouvait pas nous acheter des costumes, et on a bien failli ne pas y aller.

Les sœurs missionnaires qui habitaient dans notre rue, elles l'ont su. Elles ont décidé de nous faire des costumes. C'étaient des costumes d'Indiens. Je me souviens encore de la chemise, elle était à carreaux rouges et verts. On avait un pantalon noir et des plumes, et la figure toute maquillée en rouge. On était très bien.

On s'est bien amusés. Il y avait des jus de fruits dans des belles carafes en cristal, et plein de gâteaux. Il y avait des filles, je me souviens d'une qui était en marquise Louis XV, elle était très belle, je lui ai parlé longtemps.

Dans l'après-midi, papa est venu nous chercher quand la fête était même pas finie. Il était très gai. Il a dit des bêtises au papa des enfants qui invitaient. C'était un chirurgien très distingué, le docteur Tierny. Il riait seulement un petit peu des bêtises de papa, parce qu'il était bien poli. Je me souviens que le chirurgien, il a dit à papa : « Je crois que vos Indiens sont fatigués, faudrait peut-être que vous les rameniez dans leur tente. »

Les Indiens, ils étaient pas fatigués du tout. C'était papa qui était fatigué.

LA SOUPE AU VIN

Les bourgeois d'Arras étaient pas tous gentils avec nous parce que notre papa, il buvait. Il y en avait qui disaient pas bonjour à maman parce qu'elle travaillait au bureau pour nous nourrir, et nous, les enfants, on n'était pas toujours invités dans les goûters d'enfants.

Quelquefois, il y avait des élèves un peu bêtes qui se moquaient de nous. Je me souviens, une fois, au réfectoire, il y avait de la soupe au vin. C'était de l'eau rougie dans laquelle flottait comme un radeau un gros biscuit. Il y a un grand, il avait bien quinze ans, il s'appelait Francis, son père était notaire, il a dit bien fort, en parlant de la soupe : « Vous devez bien aimer ça, les Fournier ! »

Toute la table a ri. Moi j'ai pas compris tout de suite. Seulement après j'ai pensé à papa qui aimait bien le vin.

Une autre fois, il y en a un qui a dit que mon papa, il avait fait le serment du Picrate.

C'était une bonne idée. J'ai regretté de ne pas l'avoir eue avant lui. Le soir, je l'ai raconté à maman, ça l'a bien fait rire, mais elle m'a dit de ne pas en parler à papa.

Lui ça l'aurait pas fait rire.

LES PIQÛRES DE PAPA

À l'école, on avait un camarade qui était fils de gendarme. Quand il se disputait avec ses camarades, après les gros mots, les insultes, les coups de poing, il se servait souvent de son père pour faire peur.

Il disait : « Mon père, il va te mettre en prison. » Et comme on ne sait jamais, et qu'on n'avait pas envie d'aller en prison, souvent on s'écrasait.

Nous, les enfants Fournier, la seule chose qu'on pouvait répondre pour faire peur, c'était : « Mon père, il va te faire une piqûre. »

Seulement papa, il faisait tellement bien les piqûres qu'il faisait pas mal. Quand il disait « C'est fini », on n'avait rien senti.

Alors, les piqûres de papa, ça faisait peur à personne.

LES VACANCES DE PAPA

L'été, on partait en vacances seulement avec maman. Papa, il venait jamais avec nous. Les vacances de papa, c'était dans les bistrots. Comme il était en vacances tous les jours, les vacances scolaires il s'en foutait.

Maman, elle se débrouillait toujours pour qu'on puisse partir en vacances, sauf une fois. On devait aller en camp de louveteaux. Il fallait payer, et maman elle avait plus d'argent. Mais il ne fallait pas le dire parce qu'on était les enfants du docteur et les gens n'auraient pas compris.

Maman, elle a dû mentir à la cheftaine. Elle a dit qu'on était invités dans la famille et qu'on ne pourrait pas aller au camp.

Pendant les quinze jours qu'a duré le camp, on ne devait pas sortir de la maison Il ne fallait pas que les gens du quartier nous voient. On ne sortait que le soir et dans la journée, on se cachait quand quelqu'un arrivait.

On s'est bien amusés, c'était un vrai jeu de cache-cache, mais sérieux. Il ne fallait pas que les gens sachent qu'on n'était pas partis. Maman, elle avait menti, on avait tous le droit de mentir, même bonne-maman.

Pour une fois, c'était pas un péché.

PAPA, LE SOIR

On n'était jamais tranquilles avant le retour de papa. On se demandait toujours comment il allait être, c'était la surprise tous les soirs.

Avec l'habitude, on savait reconnaître, rien qu'au bruit qu'il faisait en rentrant, l'état dans lequel il était.

D'abord, on calculait le temps qu'il mettait pour entrer sa clé dans la serrure. Si ça durait longtemps, c'était mauvais signe. S'il n'arrivait pas à ouvrir et se mettait à dire des gros mots, il fallait s'attendre au pire et aller lui ouvrir.

Ensuite, à sa façon de tousser, on pouvait savoir s'il allait être méchant, amusant ou triste.

Papa, il disait tous les soirs qu'il avait bu que de l'Évian ou du Vittel, mais je voyais bien que maman, elle le croyait pas.

PAPA ET SA POMPE À VÉLO

Un jour maman, elle en a eu marre. Vraiment marre. La vie avec papa, c'était plus possible, c'était trop dur. Fallait payer pour toutes les bêtises qu'il faisait, elle devait faire des écritures pour nous nourrir, en se cachant parce que papa il voulait pas qu'elle travaille. Il disait qu'une femme de médecin, ça devait pas travailler.

Et puis papa il commençait à nous détraquer, nous, les enfants, avec ses colères. Tous les soirs on avait peur quand il rentrait et on faisait des cauchemars la nuit.

Alors, un soir, maman elle a décidé de fermer la porte pour que papa ne puisse plus rentrer. Et on a été se coucher. On allait enfin bien dormir.

Dans la nuit, on a entendu du bruit. C'était papa, il s'était assis sur la marche devant la porte, à côté de son vélo, et il frappait la porte avec sa pompe à vélo. Il a frappé toute la nuit.

Il frappait pas fort, mais régulièrement. Au bout d'un moment, on s'est habitués. C'était comme un bruit de tam-tam, je me suis endormi en rêvant à *Tintin au Congo*.

Le matin, papa ronflait dans sa chambre. Maman lui avait ouvert.

Certainement qu'elle en avait eu marre d'entendre les coups de pompe dans la porte.

LES BONNES HISTOIRES DE PAPA

Il y avait un bistrot, au bout de la rue. C'était là que papa finissait sa journée. Et papa, il mettait souvent longtemps à finir sa journée.

Quelquefois, il y avait des clients qui venaient sonner à la maison pour une urgence. Ils ne connaissaient pas les habitudes de papa. On notait l'adresse et on disait qu'on allait prévenir papa. Maman, elle a souvent dû aller chercher papa au bistrot, elle aimait pas beaucoup.

Un soir, j'étais tout seul à la maison. On a sonné. C'était une dame qui avait son mari malade. Elle voulait que papa, il passe rapidement.

Je lui ai dit qu'on allait prévenir papa, et j'ai décidé d'aller chercher papa au bistrot.

Quand je suis arrivé devant le bistrot, je me suis arrêté et j'ai regardé à l'intérieur. Papa, il était debout près du comptoir, il avait beaucoup d'hommes autour de lui, et ils rigolaient tous. Papa, il devait leur raconter une histoire drôle. Il avait l'air content de voir tous ces gens autour de lui qui riaient. Il aurait dû être comédien.

J'ai pas osé entrer dans le bistrot. Je voulais pas gâcher la fin de l'histoire. Surtout, je voulais pas me faire engueuler. Je suis revenu à la maison.

Pourquoi papa, il nous racontait jamais des histoires, à nous, ses enfants ?

PAPA ET SA TRACTION

Pendant longtemps, la voiture de papa a été une traction Citroën. Sous la boue, elle était noire.

Papa partait faire ses visites en auto, mais quelquefois il rentrait à pied.

Quand maman lui demandait où était l'auto, papa, il savait plus, il avait oublié. Il était distrait, mon papa.

Le lendemain, il y avait un cultivateur qui téléphonait à la maison. Il avait retrouvé la voiture de papa au milieu de son champ de betteraves.

Fallait que papa, il soit bien fatigué pour avoir roulé si longtemps dans un champ de betteraves sans s'en être rendu compte.

Il y avait souvent de la boue dans le champ, et la voiture elle pouvait pas repartir toute seule, elle s'enlisait. Alors on accrochait des chevaux devant et ils tiraient la voiture jusqu'à la route.

Les cultivateurs, ça les faisait rigoler. Ils disaient que papa, il ferait mieux de faire ses visites en tracteur.

PAPA ET LES AUTOS

Papa, il avait un copain garagiste qui lui refilait toutes ses vieilleries. Un jour, il lui a vendu une vieille Mathis. C'était une petite voiture carrée, noire. Le garagiste lui avait conduit la voiture devant la maison, et il était reparti bien vite. C'était un dimanche.

Papa a voulu nous emmener faire un tour. On était contents et excités. On est montés dans l'auto, papa a actionné le démarreur, plusieurs fois, et puis il y a eu de la fumée qui est sortie du capot, papa nous a engueulés parce qu'on toussait, puis il y a eu des flammes. Maman nous a fait sortir très vite de l'auto, papa, très en colère, nous a dit d'aller nous coucher.

La Mathis est restée un an devant la maison. Avec la pluie elle est devenue bleue, puis verte à cause de la mousse, et un jour elle est partie à la casse.

PAPA ET SON CHAUFFEUR

Papa, il avait eu beaucoup d'accidents. Alors, c'était mieux, un chauffeur, ça coûtait moins cher que les accidents. Et surtout, le chauffeur, c'était papa qui payait, tandis que les accidents, c'était maman.

Un jour, il fallait payer un costume à quelqu'un qui disait que papa l'avait accroché avec sa voiture, une autre fois c'était une brebis pleine que papa avait écrasée, après c'était une brouette avec tout son chargement de pots de fleurs que papa avait renversée, puis une pension pour un monsieur dont papa avait raccourci la jambe...

Le chauffeur de papa s'appelait monsieur Houriez, c'était un chauffeur de taxi. Il venait le chercher tous les jours à la maison et il le conduisait faire ses visites. Il attendait devant les maisons des clients. Papa, il montait pas derrière, il montait à côté de monsieur Houriez. Il était pas fier, mon papa.

Quelquefois, j'accompagnais papa dans la voiture. C'était une Hotchkiss noire. Je me souviens, un jour, j'attendais dans la voiture, avec monsieur Houriez, papa qui faisait sa visite. Ça durait longtemps, et j'ai vu, à travers le rideau de la maison, papa qui buvait un coup, puis deux... Alors j'ai appuyé au milieu du volant sur le klaxon. Papa, il est arrivé très en colère. Il a compris tout de suite que c'était moi. Il m'a dit qu'il fallait jamais le déranger quand il travaillait.

Après, je l'ai laissé travailler. Le soir, papa, il avait tellement travaillé qu'il ne marchait plus droit.

PAPA À L'HÔPITAL

Un jour, papa, il a voulu aller à l'hôpital, être un malade comme les autres.

Peut-être qu'il était vraiment malade, ou qu'il n'avait plus de courage et qu'il en avait marre de tout.

Maman, elle voulait pas qu'il parte. Elle lui a dit de rester à la maison, qu'elle le soignerait, qu'elle allait lui faire couler un bain. Papa, il a hésité, il était sur le pas de la porte, il avait l'air malheureux, mais il est quand même parti.

Je me souviens encore de lui, un petit bonhomme en cuir qui s'éloignait au bout de la rue de la Paix.

À l'hôpital, il a demandé à être dans la salle commune. Tous les malades étaient contents et fiers d'être couchés à côté du docteur, surtout qu'il faisait plein de bêtises pour les faire rire. Il jouait à la balle avec des oranges, même qu'il visait les malades avec.

Quand on a été voir papa à l'hôpital avec notre grand-mère, il a pris le chapeau de bonne-maman et il l'a mis sur sa tête.

Peut-être que, grâce à mon papa, il y a des malades qui sont morts après avoir ri une dernière fois.

AU CAFÉ AVEC PAPA

Un dimanche, papa m'a emmené avec lui dans un café et il m'a offert l'apéritif comme à un grand. J'avais quand même onze ans C'était vraiment dimanche.

J'ai pris un Martini, parce que le Martini c'est un peu sucré. Il y avait un petit morceau de peau de citron qui flottait au-dessus. On me l'a servi dans un verre très épais qui faisait comme une loupe, ça donnait l'impression qu'il y avait beaucoup de Martini dedans. C'était pas vrai, on arrivait très vite au fond du verre.

J'étais fier d'être tout seul avec papa. Tout le monde venait lui dire bonjour et il me présentait. J'étais le fils aîné.

Je me sentais bien, j'avais un peu chaud aux oreilles avec le Martini, je trouvais tout le monde très gentil.

On est bien dans un café, on s'occupe de vous. Quand vous avez envie de quelque chose, vous dites le nom de la chose et elle arrive devant vous, comme dans les contes de fées. Papa, il était capable de dire vingt fois « Martini » dans la journée, et vingt fois il y avait un Martini qui arrivait.

Ce jour-là, papa s'est intéressé à moi. Il m'a demandé ce que je voulais faire plus tard. Je lui ai dit que je voulais faire du théâtre. Je crois qu'il m'a dit que c'était pas un vrai métier. Il me parlait comme à un homme.

Puis, papa, il a redit « Martini » plusieurs fois et c'est devenu moins bien.

PAPA À LA MONTAGNE

L'alcool et le tabac avaient fait beaucoup de dégâts dans les poumons de papa. Alors, un jour, il a dû partir à la montagne pour les soigner. Il s'est retrouvé dans un sanatorium, au col de la Schlucht dans les Vosges.

Papa, il s'est soigné, mais il arrivait quand même à se sauver du sanatorium. Il partait en pantoufles dans la neige, pour aller boire un coup au seul café du village.

Ses poumons étaient peut-être en train de guérir, pas sa vraie maladie.

Maman a été voir papa. Je crois qu'ils étaient très contents de se retrouver.

Là-bas, il s'était fait beaucoup d'amis parmi les malades. Même un missionnaire, qui revenait d'Afrique, lui a donné un œuf d'autruche décoré.

Puis papa est rentré à la maison. Il avait des cadeaux pour nous : des animaux en toile cirée remplie de kapok. Il y avait un éléphant pour mon frère Bernard, un faon pour mon frère Yves-Marie et, pour moi, un cheval. En me le donnant, il m'a dit qu'il avait choisi un cheval qui se cabrait parce que j'avais tendance à me cabrer.

Je crois que papa il aimait pas beaucoup les chevaux.

LE FOIE DE PAPA

Un jour, un camarade m'a montré une page de livre en me disant : « Regarde, on parle de ton père. »

J'étais très fier. J'ai pris la page, je me suis précipité pour lire, j'ai pas compris tout de suite.

C'était une page qu'il avait arrachée dans un vieux bouquin de sciences naturelles, au chapitre « Les organes de l'homme ».

Il y avait des dessins : le foie, l'estomac, le cœur et les poumons d'un homme sain. A côté, il y avait les mêmes organes, d'un alcoolique.

Le foie, il était très gros. C'était écrit qu'il était « hypertrophié ». L'estomac, il était couvert de plaies, c'était écrit « ulcéré ». Le cœur, il était couvert de graisse.

Alors, mon papa, il devait avoir dans le ventre des organes pourris. Au contraire, les papas de mes camarades, c'étaient des hommes sains, leurs organes ils devaient être tout roses.

Après, c'était écrit que les enfants d'alcooliques étaient souvent faibles, chétifs, mal conformés, prédisposés à toutes sortes de maladies. Et que, quelquefois, ils étaient idiots ou fous.

Ça, je l'ai jamais dit à personne.

PAPA ET LE CAPITAINE HADDOCK

Le premier *Tintin* que j'ai eu, c'est *L'Étoile mystérieuse*. Je l'avais eu à Noël, mon frère Yves-Marie, il avait eu *Tintin en Amérique*. Bernard, il ne savait pas lire et Catherine elle était pas encore née. Après, on les a tous lus. Je me souviens que j'étais très malheureux quand j'arrivais à la page 62 parce que je savais que c'était l'avant-dernière page, et qu'après c'était fini. Moi, j'aimais bien le capitaine Haddock Il me faisait rire avec toutes ses insultes, et puis il me faisait penser à papa. Il avait pas la même tête, papa il n'avait pas de barbe, mais il aimait bien boire comme papa.

J'aurais bien aimé être le fils du capitaine Haddock. D'abord, j'aurais habité dans un château, et puis surtout, le capitaine Haddock, quand il avait bu, c'était toujours rigolo. Il embêtait personne, seulement un petit peu Tintin, mais Tintin il savait se défendre, et puis Nestor, mais Nestor il était habitué et puis il pouvait toujours changer de patron.

Le capitaine Haddock, il embêtait pas sa famille, parce qu'il n'avait pas de famille. Il a jamais voulu se marier et il a jamais eu des enfants. Faut dire que la Castafiore, elle était moins belle que ma maman.

Peut-être que papa il aurait jamais dû se marier et avoir quatre enfants ?

PAPA, MAMAN ET MOI

Un jour, j'ai été en auto avec papa et maman. La voiture, c'était une Simca 5, avec seulement deux places. Moi j'étais assis derrière sur le plancher, là où on met les valises. De toute façon, j'étais pas plus grand qu'une valise.

Je les voyais tous les deux. Papa, il était gentil avec maman, il la faisait rire. Je les avais tous les deux pour moi tout seul, je crois que j'ai jamais été aussi heureux que ce jour-là. Je me souviens que maman, elle s'est retournée un moment pour me regarder, elle m'a dit : « Tu es heureux d'être avec nous ? »

J'ai rien répondu, elle voyait bien que j'étais le plus heureux des enfants.

Je me suis mis à rêver que ça pourrait continuer longtemps comme ça, toujours peut-être. Le bonheur, c'était tout simple. Il suffisait que papa soit gentil, alors maman devenait heureuse, et nous les enfants avec.

Le lendemain, papa, il est rentré tard, très fatigué, il était plus gentil du tout, c'était plus le même papa.

Pour papa, ça devait pas être aussi simple que ça, le bonheur.

PAPA À LA MAISON

Quelquefois, papa, il restait toute une journée à la maison. Ce jour-là, il n'allait pas au bistrot. On était contents. Maman, elle faisait des petits plats pour lui faire plaisir, mais papa, il n'avait jamais faim, il ne les mangeait pas. C'était bien pour nous, les enfants, il en restait plus. De toute façon, papa, il remettait du vinaigre, du poivre et de la moutarde dans tout ce qu'il mangeait. Plus rien n'avait de goût pour lui.

À la maison, papa, il était triste. J'avais l'impression qu'il ne s'intéressait plus à rien. Il ne lisait plus, il n'écoutait plus la radio. On sentait bien qu'il lui manquait quelque chose. Il était comme un malade qui n'a pas pris son médicament.

Maman, quelquefois, elle achetait du vin. Mais il n'en voulait pas. Ce qui lui manquait, ça devait être le bistrot, avec ses copains. Sa vie, elle était là-bas, pas avec nous.

Je comprends maintenant pourquoi il y a des maisons où il y a un bar, c'est pour que le papa, il ait pas envie d'aller ailleurs.

Nous, à la maison, il y avait pas de bar. Bonne-maman, elle aurait jamais voulu.

UN JOUR, PAPA EST MORT POUR DE VRAI

Un matin très tôt, maman est venue dans ma chambre, elle m'a dit : « Je crois que ton père est mort »

Je me souviens, j'ai dit : « Encore... »

Je voulais pas me lever, j'étais fatigué, et je me suis enfoncé sous mes draps.

Je l'avais vu déjà tellement de fois ivre mort, qu'entre un ivre mort et un vrai mort, je ne voyais pas la différence. Et puis papa, il était docteur, un docteur ça pouvait pas mourir.

Maman m'a dit : « Cette fois, c'est vrai. Allez, lève-toi. »

Je me suis levé. J'ai été dans sa chambre. Il était tombé à côté du lit, il avait du sang plein la bouche. Il m'a pas engueulé, il était mort pour de vrai.

UN PHILANTHROPE NOUS QUITTE

Il y a eu des articles dans les journaux. Je me souviens d'un article qui commençait par « Un philanthrope nous quitte ».

Je savais que mon papa était docteur, je ne savais pas qu'il était philanthrope.

J'ai été regarder dans le dictionnaire. Ça voulait dire : « Personne qui est portée à aimer tous les hommes. »

Peut-être que j'étais pas encore un homme ?

LE JOUR DE L'ENTERREMENT DE PAPA

Le jour de l'enterrement de papa, il faisait mauvais temps. Tout le monde était triste, surtout ses clients.

Il y en avait beaucoup qui pleuraient. Nous, la famille, on pleurait pas. On n'avait pas eu la chance d'être ses clients. Ses clients, ils s'étaient cotisés pour acheter un gros livre en marbre sur lequel il y avait écrit en lettres dorées : « Les amis du quartier à leur docteur ». Ça avait dû leur coûter cher, et c'étaient des gens qui n'avaient pas beaucoup d'argent.

J'étais triste, pas parce que mon papa était mort, mais parce qu'il avait bu jusqu'à la fin de sa vie.

Moi je croyais qu'il allait s'arrêter un jour, qu'on aurait de l'argent, que maman ne serait plus obligée de travailler, qu'on aurait une vie normale, comme les autres.

Ce jour-là, j'ai compris que c'était jamais.

LA PREMIÈRE CIGARETTE

Après les condoléances, on est restés quelques-uns près de la tombe. Je me souviens que l'ancien chauffeur de papa, monsieur Houriez, a offert des cigarettes aux hommes qui étaient là, il m'en a offert une à moi. C'était la première fois qu'on m'offrait une cigarette, j'étais très fier. C'était une Gitane.

Je l'ai allumée, puis j'ai aspiré très fort la fumée, et je me suis mis à tousser, j'avais des larmes plein les yeux, j'ai failli m'étouffer, on a dû me taper dans le dos. Comme papa il avait fait, le jour de ma naissance.

Ça commençait mal, ma vie d'homme.

Mon père est mort à quarante-trois ans, j'avais quinze ans. Aujourd'hui, je suis plus vieux que lui.

Je regrette de ne pas l'avoir mieux connu.

Je ne lui en veux pas.

Maintenant j'ai grandi, je sais que c'est difficile de vivre, et qu'il ne faut pas trop en vouloir à certains, plus fragiles, d'utiliser des « mauvais » moyens pour rendre supportable leur insupportable.

Jean-Louis FOURNIER
Novembre 1998

je vous demande la guérison de notre Papa
; faites qu'il soit toujours gentil qu'il ne manque
plus ses consultations et vous pourriez m'apporter
un révolver et une boîte de capsules je serai,
je serais bien content si vous m'accordiez tout ce
que vous demande.
                    jean-Louis Fournier

TABLE

Du même auteur dans le Livre de Poche

Grammaire française
et impertinente

Elle montre souvent le mauvais exemple, mais donne toujours la bonne règle !

Voici une grammaire impertinente qui réunit l'ensemble des règles à suivre pour dire et écrire correctement bêtises et grossièretés. Des personnages inhabituels dans un livre de grammaire — un condamné à mort, un gangster, un commandant de bord aveugle... — nous enseignent l'usage des prépositions et des conjonctions et conjuguent avec aisance le subjonctif imparfait des verbes les plus délurés.

Ancien écolier que les exemples puisés dans Anatole France ou Pierre Loti n'arrivaient pas à dérider, Jean-Louis Fournier a pensé aux élèves peinant aujourd'hui sur l'orthographe comme lui-même peinait hier.

Un manuel que doit également posséder tout instituteur rêvant de voir une petite lueur s'allumer dans le regard blasé des cancres.

Arithmétique appliquée
et impertinente

« J'ai longtemps cru que l'arithmétique n'avait été inventée que pour résoudre les problèmes de trains qui se croisent et de baignoires qui débordent. Quand j'ai été grand, j'ai découvert qu'elle pouvait mieux faire. M'aider, par exemple, à calculer le poids du cerveau d'un imbécile, le nombre de voitures que pourrait contenir Notre-Dame transformée en parking... Enfin, autant de questions que toute personne responsable devrait se poser. »

Après la *Grammaire française et impertinente*, Jean-Louis Fournier, un des rares auteurs à savoir conjuguer pédagogie et plaisir, s'attaque à l'enseignement de l'arithmétique. Humour noir, sens aigu des jeux de mots absurdes, problèmes cocasses et fantaisistes, mais méthodes de raisonnement et solutions irréfutables et rigoureuses : voici un manuel indispensable pour les petits écoliers, leurs maîtres et leurs parents.

Le Pense-bêtes de
saint François d'Assise

À 15 ans, Jean-Louis Fournier met une statue de la Sainte Vierge dans les toilettes de l'institution Saint-Joseph à Arras. Pour sa défense, il prétendra avoir voulu faire de l'hygiène esthétique. Il sera renvoyé.

Trente ans plus tard, avec *Le Pense-bêtes*, il décide de décaper François d'Assise, saint confit dans le sucre depuis des siècles. Après avoir conjugué le subjonctif du verbe péter et calculé le poids du cerveau d'un imbécile (*Grammaire française et impertinente* et *Arithmétique appliquée et impertinente*), apprenons avec saint François, l'ami des bêtes, à apprivoiser une huître, couver des œufs, ferrer un chat, plumer un cygne, vider une baleine. Traité au vinaigre, François se refait une jeunesse, parce que c'est dans le vinaigre qu'on se conserve le mieux. Demandez donc aux cornichons.

Composition réalisée par NORD COMPO

Imprimé en France sur Presse Offset par

BRODARD & TAUPIN

GROUPE CPI

La Flèche (Sarthe).
N° d'imprimeur : 10925 – Dépôt légal Édit. 19110-01/2002
LIBRAIRIE GÉNÉRALE FRANÇAISE - 43, quai de Grenelle - 75015 Paris.
ISBN : 2 - 253 - 14867 - 9